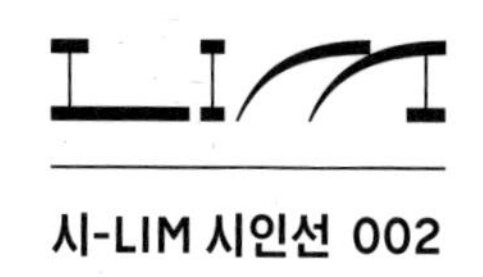

시-LIM 시인선 002

그해 여름
문어 모자를 다시 쓰다

서호준 시집

서호준
1986년 서울에서 태어났다. 서울대학교 사회학과를 졸업하고 명지대학교 문예창작학과 석사 과정을 수료했다. 2016년 독립 문예지 『더 멀리』를 통해 시를 발표하기 시작했으며, 시집으로 『소규모 팬클럽』 『엔터 더 드래곤』이 있다. 현재 인디 게임 개발자로 일하고 있다.

시-LIM 시인선 002

그해 여름
문어 모자를 다시 쓰다

서호준 시집

시인의 말

여름에는 가야지
매일 소나기 내리는 곳으로

2025년 4월
서호준

차례

2부 (?~?)

3부 나의 누더기 지구

1부

항구를
떠도는 철새

가벼운 마음

새로운 놀이터에 가자

여기서 기다릴 테니
개미를 밟고 놀렴

도망치는 궤적이
눈에 익어 가서

녹색으로 칠한 정글짐과

2미터쯤 돼 보이는
철봉에 매달려

그냥 조른 거였는데

아니지
죽이고 싶었잖아

에그드랍

오늘은 뭘 입지. 비비 꼬인 생각을 풀고
에그드랍에 가자. 그다음 커피를 마시는 거야.

밖에 나와서는 이렇게 말한다. "담배 피우고 있는데도 담배 피우고 싶네."
사람들과 횡단보도를 건넌다. 에그드랍에 가자.

몇 번만 더 연습하면
말할 수 있을 것 같은데

작은 타코야끼 전문점까지 걸어 왔던 것이다.
고개를 돌리면 일행은 없고
어릴 적 팻 앤 댄스를 같이 했던 친구와 그의 늙은 어머니가 보입니다. 그들의 집은 어린 나이에도 참 좁게 느껴졌는데요.
대문만은 바다처럼 넓었던 기억. 잘못된 기억일까?

비둘기가 덜 피운 담배를 물고 달아난다. 눈으로 쫓다가
여기가 아냐, 에그드랍에 가야 하는데
나는 어디 가자는 말을 잘 못 해. 그래도 가기는 가.

택시를 탔더라면 벌써 다 먹고 토하고 있었을 텐데.
그러면 친구의 늙은 어머니는 이렇게 말했겠지.
집에 가서 마저 하렴.

목공

(드디어 불빛이 전신주를 휘감고……)

청년은 오크통 구멍에 코를 댔다. 긴 시간 숙성되었고 그보다 더 오래 방치되었을 눅진한 향. 그러나 코에게는 두 명의 동업자가 있었다. 기겁한 녀석은 동이 트기도 전에 마차를 타고 가 버렸다. 그리고…… 혼자 남은 청년은 코 다음 입술을, 그다음에는 가엾게도 얼굴 전체를 부서진 오크통에 처박고 잠들어 버린 것이다.

나는 고용주의 쉰 목소리를 기억한다. 그래, 지치고 피로하여 쉰 것이 아니라 이런 것까지 지시해야 하느냐는 투의 목소리 말이다. 어쨌든 내가 장비를 챙겨 현장에 도착했을 때, 반장은 거의 해결했다는 듯 태연하게 담배를 태우고 있었다.

한 조각이 부족해요.
나에게도 없는 한 조각이.

현장을 한 바퀴 돌아본 나는 반장이 왜 이곳을 떠나지 않는지 짐작할 수 있었다. 그는 명백한 결벽증, 그리고 비실한 범불안장애와 신앙심. 마지막 식사는 몇 시간 전이었지? 불빛이 꾸물거린다. 나는 트럭으로 돌아가 썰매 모터를 내렸다. 그리고 다음 의뢰에서 만나게 될 목격자들에게는 이렇게 말할 것이다. 악당이 되는 걸 받아들여야 인간이 될 수 있다고.

비처럼 오르기

뒷산을 오른다. 조금만 힘내면 되었다.

바지에 땀이 찬다.

수제비가 좋겠어. 개를 데리고 온 사람이 팔각정을 지나치고
개가 잠깐 멈추자 목줄이 당겨진다.

나란히 뒷산에 오르자고 했다, 뒷산이 불행해지기 전에

주머니에 손이 끝없이 들어간다.

윗니와 아래턱 사이 비좁은 틈으로
개가 혀를 내민다.

뒷산은 인기가 많다.

뼈 한 피에 두 대째

김환의는 명동 토박이로 큰고모의 으리으리한 한약방을 물려받았습니다. 처음에는 친구들을 재우고 음악회도 열고 한약도 열심히 팔았는데 갈수록 본인은 그런 사람이 아니라는 생각에 휩싸였어요. 신체 포기 각서를 쓴 노름꾼 운동권 아편쟁이 들을 숨겨 주고 각양각색 손톱 조각을 모으면서도 본인은 그런 사람이 아니라는 생각에 9월 만파일, 김환의는 한약방에 불 질렀고 알던 모든 사람 불러다 씁쓸하고도 구수한 냄새를 맡았습니다. 그는 뒤늦게 소방차를 불러 싹 물청소하고 여전히 거무죽죽한 한약방 터에서 가위뛰기도 하고 널방아도 띄워 큰고모가 재건한 이북으로 보냈죠. 고모, 나는 고모 얼굴도 까먹었어요. 그러나 큰고모는 내가 그럴 사람이 아니라 했고 그 말이 참으로 망극했다. 김환의는 현상 수배지에도 등장하고 실종 아동 전단지에도 등장한다. 아주 홍길동이 따로 없다.

타일, 개, 맘무게

침묵에는 두 사람이 등장한다. 영광에는 스무 명의 체온이 등장하고

나는 하릴없이 천장을 본다. 천장에는 뭐가 있으면 좋겠지만 얼마 전에 도배를 했고

다음 세계로 갈 수가 없다. 미국의 쇼 프로에서 빌리어네어가 100달러와 연락처 지워진 휴대폰으로 90일간 10만 달러를 모으는 과정을 보여 주는데

정말 모든 것이 돈으로 환산되는 이세계물 같다 예전 사장은 세 명 남은 술자리에서

사실 사무실 문 열면 너네들 얼굴 위에 월급 액수가 동동 떠다녀 숨이 막혀서 대표 방을 따로 두는 거야 눈이 이렇게 나쁜데도

말을 전하는 데에는 두 사람이 필요하다. 잊는 데에는 온 세상이 필요하고

예술가 친구들은 공동 작업실을 구해 그곳에서만큼은 술 마시지 말자 울지 말자 약속했다. 제발 그곳에서만큼은

나는 영양제와 핫식스 박스를 들고 갔다. 처음에는 휴지로 때울까 생각했지만

잘 무는 개들의 골목을 지나 망상하는 사람들이 드문드문 앉아 있는 카페 거리를 지나

이번 세계에서는

아울베어·예티

이세계에서는 좋은 일이 많았는데 지나고 보니 학창 시절만큼이나 흐릿한 기억뿐이다. 마을 밖으로 나가는 것도 모험이었고 여관에 묵는 것도 모험이었는데 지나고 보니 잠을 푹 잔 기억뿐이다. 하지만 가까웠던 동료만큼은 지금까지도 생생하다. 출혈을 멎게 할 줄 알았고 모든 종족과 의사소통이 가능했으며 가끔은 한 몸이 되기도 했다. 그의 이름을 굳이 이쪽 발음으로 옮겨 보자면 누베뜨-시우 정도일 텐데 그런 식으로 부르지는 않았다. (내가 돌아온 후 바로 펴낸 책에도 비슷한 얘기가 나온다)

요즘에는 다녀온 뒤 또 다녀오고 또 다녀온 사람도 많고, 돌아오지 못한 사람이 꼭 전해 달라고 쓴 수기도 유통되어 만만하게 여기는 경향이 있는데, 모험이라는 건 죽음을 옆구리에 끼고 다음 기수에게 전달하는 것이라는 말은 꼭 해야겠다. 죽음이 무섭다기보다는 죽어서 돌아가는 게 무서웠으니까. 내 모험의 마지막 순간은 미늘 밭에 보라색 아지랑이가 피었을 때였다. 눈물이 흘렀고 눈물에서 눈물이 흘렀고 눈물에서 눈물이……(까지였다) 기회가 또 생긴다면 나는 반드시 죽지 않을 것이다.

문어 모자

텅 빈 알약을 귀에 꽂은
바보가 달린다

오차즈케야
난 그린 베레를 쓰고 있어

디 알파인

섭식견들은 춤 사이에도 춤을 섞지
마르티네스가 민정이에게
상추 같은 손

랜서

겨울은 왔다가 간다…… 선봉에 선 김장엽은 솔방울을 주우러 말에서 내렸다

졸음에 뒤덮인 눈밭이었다

이마에서는 상처가 자라고 마음은 어서 적이 나타나기를 바랐지만 3,000년도 기다릴 것이다

여기서 내리지 마세요, 너는 풍선에 묶인 채 사랑해 사랑하지 않은 것들도

입과 코를 가린 사람들 광장에 모인다
너는 달리면서 시를 썼다
어쨌든 몸을 반복적으로 움직이면 쓰게 되는 그것은 몸으로 쓴 시가 아닐 것이다
굳이 메뉴에 없는 이름을 그렇게 큰 소리로 외쳐 대는 게

위안이 될 수 있다는 거

장소는 중요하지 않다 마래목침이든 까무룩 잠 속 찰나의 꿈이었든

됐다
이걸로 하루 더 산다

아홉 시 라이더

1976년
인간이라는 습관이 떨어지지 않아
망을 보면서도 정작 무엇을 알려야 하는지는 몰랐지만
망을 보고 있으면 시간이 잘 가서
바람이 너무 세서 망루가 통째로 날아갔을 때
저기 옥상에 사람이 있다고 외치던
1982년

역사가 된다는 건 어떤 기분일까
20세기라는 말을 너무 많이 들어서
21세기는 잘못된 연대 같아
몰래 떠들던 강의실에서
운동권 선배들이 교수를 끌고 나가던 2005년
죽고 싶다고 말하는 건 우리의 스포츠잖아
우리 뭐하지? 이제 뭐할까?

다시 1982년에는 사랑하는 오빠가 태어나고 죽었고
죄책감은 내 몫이 되었어 고마워 사랑해
귀신의 몸으로

과제를 하고, 연애를 하고, 일기를 쓰고

1996년
방학 내내 투니버스를 보았다
자정이 지나면 야한 만화가 나온다는 거
가족 아무도 몰랐다 나는
혼자 살 필요도 없었어

2012년, 자취방 창문으로 몇 번이고 뛰어내린 해
도둑이 들지도 모른다며 1층은 절대 안 된다고 했지
내가 도둑이 된 줄도 모르고

이름을 갈았습니다
형이라는 단어를 배웠는데 쓸데가 없어서
밥을 사 달라면 사 주던 2016년
손가락을 하늘로 뻗은 동상 옆에서
같은 포즈로 가만히 있었어요
옥상에서 바라본 시내는
봐서는 안 되는 미래 같기도 했지만

캡틴 아메리카도 죽었는데 뭐 어때
년 단위로 무언가를 헤아린다는 거
적어도 내가 모르는, 보이지 않는, 알게 되지 않는…… 그러나

통계적으로 알고 있다 하루에 몇 명이 죽고
생물학적으로도 알고 있다 어떤 종이 언제 어디서 멸종했는지
무엇이 기록되고 있나요? 이천십몇 년부터는
남자들이 열심히 자살하기 시작했는데
어린 시절, 마우스를 쥘 때부터
기차 한 대는 몰 줄 알았지
그게 몇 년이더라 물으면 가족 중 누구도
인간이라는 습관이 떨어지지 않아

저녁을 먹으며 식탁을 엎을 수는 없을까
밤에도 자고 낮에도 자서 키가 쑥쑥 자란 2003년 7월
깡동한 교복을 입고 포즈 잡으며
여름 내내 쇼윈도에 서 있던 오래된 기억으로부터
오늘…… 을 생각하면 오늘 먹은 밥부터 생각나는
현금 영수증부터 챙기는 프로 어른이 되고 싶었는지도

모른다 바람으로 불어와 옆통수를 때리던
최초의 귀신으로부터
부모의 생년월일을 함부로 외우던 버릇까지
집구석에서
나는 어렵군요, 대신에
쉽지 않군요, 말하곤 했다
다섯 번 정도 산 사람처럼
두 번은 사람 나머지는
내가 맛있게 먹은 것들

아무래도 생몰연대는 (?~?)가 보기 좋았다
곱게 태어나지 못해서 곱게 죽지 못했다는 뜻
그러면 이입할 수 있으니까
이상한 이모티콘 같기도 하고
우는지 미친 사람인지❝ 알 수 없을 때
세계의
통각이 열린다

❝ 김연우, 이별 택시, 2004

다음 엄마

엄마가 줄 서서 기다린다
장바구니에는 작은 포장지들이 들어 있다
나는 아직 고르지 못했다 하나만 고르라고 했는데
집었다가 둔다 엄마가 지켜보고 있다
줄은 층계참까지 이어져 있다
건물도 나이를 먹으면 빈틈이 많아진다
무슨 생각 하냐고 물으면 엄마는
깜빡 졸았네, 답하곤 했지만
아무래도 거짓말 같다 실은 사 줄 생각 없는 거지
이런 인파 속에 데려가려고 날 낳은 거야?
엄마는 선뜻 대답하지 않고 짧아 보이는 줄로 옮긴다
나는 아무것도 고를 수 없다 뭘 고르든 후회할 테니까
천사들이 대걸레질을 하며 돌아다닌다
왜 천사는 엄마가 될 수 없는 걸까
생각이 많은 아이는 일찍 죽는다고 했다
그걸 식탁 밑에서 엿들었다
모두가 둘러앉은 원탁이었다
생각하는 동안 나는 할인 코너에 도착하여
유통기한이 신기하게 긴

하나를 만지작거린다

눈 내린 다음 날

눈이 덮였으니 가야지
오늘 아침에 해야 할 말.

버스 기사가 눈 치우고 있다. (그것을 돕는다)
관리실 인원과 청소 용역 눈 치운다. (그것을 돕는다)
엘리베이터에 눈 쌓였다. (그것을 밟는다)
끌고 와 빼곡한 책상 갯벌 움푹한 곳으로.

온갖 노래를 듣는다
고문도 했지

지퍼, 넣어 둔 항상
손을 달라고 했어 나, 병원에서 잠들었네
(이 꿈이 깨지 않으면 다른 꿈을 깨자)
(그러나 저 분이 깨지는 않도록……)
덜 감기는 손짓.

정말 부탁하신 거 맞나요
네 사람과 돈을 조금 써서

확인차는 아니고 그냥 조금 미심쩍어서
네 네, 미심쩍어서……
세상을 생각하면 눈 빙빙 돌고 발작 일으켜요
자기 생각만 하세요
그래도 연락하는 사람들과
아 행인은 사람 아니죠

지나갈 때까지만. 그들이 버스에서 내렸고 덮였으니
밟고 간다. (그러나 이끌린다……) 하늘에서 잰 사랑
십자가들. 너도,
지금 읽고 있는 활자도

개조 가능하다면 뇌부터 바꾸겠다던 연인이여. 영혼도 거기 있어라
무엇이 되고 싶은 생각 그런 것 없으니 기곡(祈穀)! 기곡!
비장함도 없지 징한 것

창밖은 살아 있다.

동명삼인

질문.
내 사람이라고 확신하는 순간은?

……톰보이. 나의 영원한 술래. 순순히 붙잡힐래요.
……패신저
……싯 유어 벨트

어떻게 지내 왔는지 반지 낀 손가락이 눈에 띄었고
이미 닫혔으며
그러나 어떤 메시지도 아니라고
너는 최대한 말한다 표정이 닫히는 소리로

「공작은 가브릴라의 저택으로 마차를 불렀고, 짙은 어둠을 육안으로 확인했다」
「……그러나 그것은 영원할 어둠이었다」 풍경이
닫히는 소리

그래도 좋겠지
그래도 좋아

5555555불 뿜어 줘

「균열」

균열

「틈」

양치하다 남긴 물

문어 모자

– 파도야?

– 난 아닌데

내 왼손은 맨손

내 호흡의 절반은 한숨

절반은 했던 말이며 했던 말들로 수렴

천국에는 괴로운 일 없었다

배달 기사가 창문을 노크한다; 바통을 시켰으므로

사제 폭탄 그것도 인간들이 떠난 자리에 던졌다고 회고했던가

이 시대에

그러나 기막힐 것 없는 시대고

나쁜 짓은 무균실에서 해야지 더러운 말은

옷걸이에 매달린

나의 체구를 닮은 바나나 한 송이

그런 일도 있었다 임원인 나에게 왜 그렇게 휴가를 많이 쓰냐고 부업 뛰는 거 아니냐고

수습사원이

다른 날 나는 그 자리에 있던 다른 수습에게 다음 주까지만 일해 달라고 통보했다!

실리콘밸리의 철저한 성과주의와 고용의 유연성이 부럽다고 술도 안 마시고

말했다! 매일 죽고 싶다고 생각하는 주제에

연탄불고기 먹었고 집에 와서는 선반을 뒤져
천국의 문손잡이를 돌린다 돌아가지 않는다 돌린다
호흡의 절반은 이토록 필사적이다
아무튼 내일, 쉰다 쉴 거다
아무 휴일 아니지만 쉬어야겠어서
쉰다고 메일 쓰려다 관두고
휴대전화로 목을 그었다 목에는
여러 크기의 쥐젖이 있다

갯벌 행진곡

눈이 덮였으니 가야지
무안하게 기다리고 있다
술을?
술상 옆에서 술상을 돌아서
왔구나 가자 어디긴
저 먼 갯벌
아니 눈바다
저벅저벅 소리 나나 들어도 보고
또 이 언제까지 이어질지 모르는
밤, 밤 말야
우리들 아무 사이 아니었지
셋 다섯 여섯 늙지도 않았지
왜 편의점 파라솔이 외계에서 날아오는지
갯벌은 입구가 없고
오갈 데 없는 우리
파도야?
엄청나게 압축된 눈뭉치
정말로 저벅저벅 소리가 난다

털비누

좋은 떨이가 있어요 가져가세요

가게에는 간판도 현수막도 없지만
일단 줄을 서고

샤워를 언제 했더라

언제 죽었더라
걸음을 재촉하다가

줄이 엉켜서
뒤통수들이 흔들려서

그럼
어떤 영정이 마음에
드시나요

2부

(?~?)

벽돌짐

벽돌짐을 날랐다. 벽돌 옆에서
복숭아 음료를 마셨다. 새 벽돌짐 들었다. 그것은 가져가도 돼.
나는 그것을 집에 가져와 냉장고 오른편에 두었다.

죽은 듯이 잠들었다.

드디어 죽었나 했는데 몸이 움직였다.
몸은 나를 일으켜 냉장고로 가게 했다. 가득 찬 복숭아 음료 중 손에 가까운 것을 집게 했다.
꿀꺽 꿀꺽
그것은 복숭아 무리를 착즙한 후 찌꺼기를 설탕 다발에 졸여 2,000리터의 식용수에 붓고 복숭아 향을 입힌
냉장고에서 시원해지는 것

그런데 몸은 어딜 자꾸 다녀와서 땀을 쏟아 내고
나한테 뭐라 한다 왜 일을 벌리냐고
두고 올 걸 그랬다고

이스마엘

서랍에서 무연 담배를 꺼낸다 · 2007년쯤엔가 리야드 출장길에 한 보루 샀는데 독해서 나머지는 뜯지도 않았다 · 이 집의 물건들은 대부분 기억으로 이루어졌다 · 그러나 먼지가 쌓인 것은 없다 · 아버지의 고집은 값나가는 것들을 팔아 치웠다 · 그의 구두를 신고 신작로를 걷는다 · 점심 장사를 준비하는 오마카세 가게 앞 의자에 앉아 담배를 꺼내 문다 · 황형 · 어디로 가는 길이었소 · 울부짖음을 기다리고 있었다네 · 가만 보니 그다지 독하지도 않군 ······ 가게 문이 열리고 나는 다시 고향으로 걷는다 · 친구들은 저녁쯤 · 회사 사람들은 내일 아침에 출발한다고 연락이 와 있었다

디 알파인

디 알파인의 사명은 모래 기지 아래 묻혀 바람에 휘몰아치는 어깨가 있었다.

주로 엿듣는 쪽이야?

뭉텅뭉텅 떼어져 나가는 그것을 마음의 수제비라 불렀다. 편지로 받은 적도 있어. 바보!

보드 판에 적힌 마일스톤이 지워지고

디 알파인은 전달한다:
어깨는 귀들의 단별 무덤이오. 신사들이 거래하는 뒷골목의
단별 그림자

그런데 형규는 뭘 하고 있지?
뭘 하고 싶지? 메뉴판에 적힌 우리의 이름으로
노쇠해 가는 신체 부위들로……

그러나 8월에라도

아이리시 위스키를 홀짝이는 자정은 좋지 않다.
귀여운 칩 앤 데일이 그려진 유리잔
오늘을 어제로 보내고

그 소설가에 대해 생각했다.
그 연마공에 대해 생각했다.
독한 농담을 던지며 엘리베이터 문을 닫는 인턴에 대해 생각했다.

바람이 방충망을 흔드는 소리
흔들렸나?

머리카락이 등받이에서 바삭거리는 소리

쉽지 않았어.
너를 욕하는 사람 앞에서 가만히
듣고만 있는 게

혹시 발냄새 퍼질까 발가락들을 웅크리던 7월이라면

저벅저벅 사무실 거니는 노란 장화는 또 어떠한가

그러나 출렁거리는 위스키를 바라보는 자정은 좋지 않다.
경험적으로 안다.
여기서 멈춰야 한다⋯⋯ 무엇을?
미워한 적 없는 사람에게 용서라도?

돌아온 곳은 발코니

역심을 품었다. 오래 가지 않았다. 미납분을 납부했다. 돌아온 곳은 발코니. 남자들이 비치발리볼을 하고 있었다. 심판은 없었다. 수건을 두르고 목욕탕에 갔다. 목에 감았던 수건을 돌렸다. 작은 권력을 탐해 봄. 탕 밖에서 호루라기 붊. 그런데 도망갔다. 소년이 되고 싶었나. 돌아온 곳은 발코니. 찬성도 반대도 없었다. 그런가? 돌아앉아 오줌을 눴다. 그런가? 흐릿한 거울의 앞니를 뽑고 발음을 교정하고. 중고차 되팔기. 재개발 지구의 노란 딱지 붙은 건물들. 세탁소는 영업 중. 그곳에 모든 옷을 맡겼다. 오래 가지 않았다. 수건을 두르고 술집에 갔다. 목을 축였다. 돌아온 곳은 발코니. 망고 참외 하르방을 깎았다. 실패한 남자들이 아파하고 있었다. 그런가? 오래가지 않았다. 발코니는 하나. 나에게는 발코니 돌아오지 않는 발코니.

그해 여름

여기서 노래 듣다가 차렷하다가. 장미꽃을 떠올리자 가지가 부드러워졌소. 천막을 해체하고 자갈밭에 오줌 누는 소리 듣다가. 캐리어를 업고 달리다. 그해 여름 파도를 데려왔소. 입술이 푸른 사람. 입술 주변에 오그라드는 반월 무늬를 두른 사람. 그해 여름 문어 모자를 다시 쓰다. 갈빗대를 간질이는 편지 한 통 받다. 양편에 길게 솟은 잔투리나무들이 사레들려 여름을 간헐적으로 뱉다. 나가 볼까, 나가면 바로 있을까. 슴슴한 국물을 떠 마시며 창밖을 본다.

감귤 8톤 팔기

졸았다
좋았을까

따다 말고 무게를 잰다 무게를 재다 말고

감귤이 쏟아진다 어서 주워 가세요
익다 못해 썩고 있어요

동트는 감귤
바삭거리는 감귤

나는 감귤로 태어났다 생각은
감귤나무가 했다

감귤나무는 또 생각한다
내년에도 감귤을 맺어야겠군

누군가 손을 든다
경매장 저 멀리서

떨면서 듣고 있었던 것 같다

시인의 언덕

그 언덕은 윤동주 시인을 기리기 위해 특별히 제작된 언덕이었다

가팔랐고
차로는 오를 수 없었으며
시인의 언덕에서 사람들이 무슨 짓을 하는지
감시하는 카메라도
윤동주 벽화 눈구멍마다 있었다

그 언덕을
억지로
그러니까
윤동주를 좋아하는 엄마와
윤동주를 좋아하는 아빠와
함께 오를 때의 일이다

윤동주의
시구절을 밟고 오르며
적잖이

부끄러워했고
기념품점을 지나쳐
윤동주 간도식당에서 엄마랑
쭈그렁 주먹밥 하나
사 먹었고

시인이 되려면 자가 한 채는
가지고 있어야 한다고 아빠가
감시 카메라 눈치를 보며
벽에다
엄청 긴 낙서를 하면서

또 시인이 되려면
곤조가 있어야 한댔는데
그 말까지 듣고는 언덕
정상까지
힘을 내 볼 수 있었던 것이다

윤동주에 대해 평소

알 거 다 안다고 생각했지만 나는

나만의 언덕에는
글쎄
아무도 안 올랐으면 좋겠다
그러니까 나만의 언덕이고

시인의 언덕은
미쓰비시 상사가 돈을 대고
우리 인부들이
엉덩이로 다져 가면서 만들었다고 한다

묵독

먹자골목 입구에서 유령은 체포되었다. 수갑이 빈 손목에 내려앉았다. 유령은 달아나려 했으나 너무 많은 사람이 지켜보고 있었다. 사람들은 경찰차를 호위해 갔다. 진술을 하겠다고 나선 이들로 서 안은 북적거렸다. 당신은 무엇을 보셨습니까, 유령을 보았습니다, 은행 벽을 통과했습니까, 우리 모두를 통과했습니다. 진술이 전부 일치했으므로 유령은 항변할 수 없었다. 그보다는 사람들의 기대를 저버리고 싶지 않았다. 유령은 빈 이마를 쓰다듬으며 자신이 왜 죽었는지를 떠올렸다. 덥고 습한 날이었다. 사람들이 아이스크림콘을 쥐고 걸어가고 있었다. 낮게 날던 새들이 얼굴 두어 개를 낚아채 갔다. 우리와 함께하고 싶다면 언제든 말씀하세요. 경찰이 땀을 닦으며 조서를 내밀었고, 나는 한 글자 한 글자 천천히 되뇌었다. 둘러싼 모두가 사라질 때까지.

동명삼인

……잘못 봤습니다.
(어머, 슬픈
사람인가 봐!)

……잘못 봤습니다.
(어머, 슬픈
사람인가 봐!)

……
(어…… 아.)

불안한 살인마와 너의 식탁은

천장에 거꾸로 매달렸다.
천장을 잡아당겼다.

미끄러운 양말을 신고 어디서든 미끄러졌다.
누군가 손을 내밀면
그 손을 잡고 한 번 더 미끄러졌다.
그런데 좋아했다.

너는 둥그런 장갑을 끼고
자꾸만 손에서 벗어나려는 고집 센 장갑을 끼고

사람을 닦았다.
우리가 먹지 않은 것까지

아직이야?

그러나 어렵사리 껍질을 벗기고
끓인 물을 부어도

그 사람에 대해서는 아무것도 알 수 없었다.
그런데 좋았다.

아직이야.

잔다고 들어갔던 네가 다시 나와
양 옆구리에 머리통을 끼고
계속 하품하는 앙상한 머리통을 끼고

벵골 놀이터

한 손에는 칼을 한 손에는 손을 들고 있었다 다른 손에는 내장 같은 것을 양손으로 쥐었고 한 손으로는 잡히지 않는 유령을 좇고 있었다 나는 전화가 걸려 오면 받지 않았다 한 손은 자상을 입었고 한 손이 나에게서 멀리 도망가 유진상가 놀이터에 흙집을 지었다 짝이 맞는 손을 꽉 잡고 놓아주지 않습니다 팔들은 뒤엉켜 있었다 한 손을 주머니에 넣고 양손으로 기도했다 숨긴 손이 밥을 더는 동안 나는 기도의 내용을 들으면서 손들이 찜기에 들어가려는 것을 막고 있었다 팔들은
뒤엉켜 있었어요

그러는 동안 손가락 하나는 바닥에 남은 은행 자국을 가리키고 있다

악령

내가 정말 훌륭하다고 생각하는 시나 거기 나오는 엄청난 문장은 일상생활에서 떠오르는 법이 없다. 누가 물어보면 미간을 찌푸려야 하고, 끝내 "제가 기억력이 좋지 못해서……" 겨우 시인 이름이나 댈 뿐이다.

하지만 어떤 문장들은 쓰레기나 다름없는데 자꾸만 떠오른다. 아주 오래전에 잠깐 좋아했던 시, 그럴싸하지만 뜯어보면 아무것도 아닌, 사기꾼의 단골 멘트 같은 문장 말이다. 라멘에 든 계란을 건지면서도, 빨간불에서 파란불로 바뀌는 찰나에도 떠오른다. 그것들은 기어코 잠까지 설치게 만든다.

그렇다고 형편없는 문장들이 후크 송처럼 머릿속을 맴도는 것도 아니다. 단 한 번 떠올랐다가 곧바로 잊게 되는데, 그러면 그 전까지 했던 생각이나 좋았던 기분은 사라지고 그 즉시 전두엽 제거 수술 따위를 찾아보는 것이다. 재수가 너무 없어. 그걸 쓴 사람은 내 스승 중에도 있고 친구 중에도 있고 나 자신 중에도 있는데도……

다시는 시를 안 쓰고 싶다

커다란 문학상 수상 연설들을 찾아보면 공통적으로 하는 말들이 있다. 쓰는 건 괴롭지만 정말 좋은 일이니까 모쪼록 힘내라는 거다.

불가리아 양치

버스 타고 오면서 창밖 사람을 세었다
잘 세어지는 어떤 순간이 있었다

……
……

불가리아에서는 간지러운 이빨을 바로 긁어 주지 않으면 송곳니로 변한다고 믿는다 내가 만난 불가리아인은 끝나자마자 잠들었다 나는 그의 칫솔을 훔쳤다 칫솔모들이 서로 엉겨 붙어 있었는데 손가락으로 만지면 잘 조율된 기타 퉁기는 소리가 났다 불가리아인은 내가 누웠던 베개를 깃펜처럼 쓰다듬고 있었다

해몽

방금 꾼 꿈을 말했는데 영경은 믿지 않았다.

내가 꿈 가지고도 거짓말을 한다는 거야?

영경은 다시 한번 이야기해 보라고 했다.
나는 토씨 하나 틀리지 않고 아까와 같은 꿈을 들려주었다.

너에게 불리한 내용은 여전히 없구나.
내가 죽는 꿈인데도?

영경은 지금의 대화가 꿈이라면
깬 후에 어떤 꿈 이야기를 들려줄지 생각해 보라고 했다.

그런데 꿈 밖에도 네가 존재한다는 걸 어떻게 장담하지?

영경은 자신을 데려가 달라고 말했다.
그러면 믿을 거라고

나는 뻗은 손을 잡아 일으켰다.

베란다가 이어져 있다.

이 이야기를 당신에게 하고 있다.

3부

나의 누더기 지구

감귤 트럭

감귤 사세요 감귤 사세요 소리에 깨어 창밖을 보니 집 앞에 감귤 트럭이 있다. 철도 아닌데 웬일이지 바지를 입고 만 원 짜리를 챙겼지만 감귤 트럭은 온데간데 없다. 나처럼 감귤 사러 온 사람들이 풀숲을 헤치며 감귤 트럭을 찾고 있다.

나는 슬픈 시대를 살아가고 있다

치자잎; 두근
생물 연어; 성숙하려나
오늘에게는 반대말이 없다
오늘은 잠이 없다

홍제천을 따라 걸으며 큰 돌은 유년의 무덤 되었고
밤이면 물고기도 보이지 않는다

나; 병가를 내고 우체국 기웃거려

먹을 것 먹지 않고 잠들 곳에 눕지 않았네
얼룩말 그려진 티셔츠를 입고 그런데 황갈색에 푸른 줄무늬……

언제쯤 죽어도 되겠다고 여길 수 있을까

또 치자잎; 뛰어가다 부딪친 사람들
한 걸음씩; 호쾌한 웃음 소리

철컹거리며 열차는 칸마다 바지를 마저 입지
그리곤 출발하지

노력의 천재 푸네스“

나는 ‘노력한다’라는 신성한 동사를 입에 올릴 자격이 없다. 그러한 자격을 가지고 있는 사람은 이미 지구에 없다.

24층 옥상에서 뛰어내렸다가 기적적으로 생존한 푸네스는 병상에서 눈을 뜨자마자 몸을 일으켰다. 오랜 동료로 문안차 와 있던 나는 꽃바구니를 놓으며 말했다. 어딜 가려는 거야?

그는 정확한 표준어로 대답했다. 『노력 중이야.』

푸네스를 다시 만난 건 남산 헬스장 샤워실에서였다. 그는 숨을 한 번 들이마시기 위해 마음을 가라앉히고 폐포 내부의 기압을 낮춘 후 흉곽과 복부 근육을 이완시킨다고 했다. 그가 내민 샤워 호스의 물줄기는 너무 약하지도 강하지도 않았고 근육이 풀려 버릴 만큼 따끈했다.

푸네스는 매일매일 노력 끝에 잠든다고 했다.

헤어지는 순간까지 그의 표정은 한결같이 차분했는데 글쎄, 도대체 어떤 노력을 기울였는지 나로서는 알 도리가 없다. 노력

“ 호르헤 루이스 보르헤스, 『기억의 천재 푸네스』의 변형

보다 중요한 게 노력의 속도라며 푸네스는 손을 흔들었고 20초 쯤 후에 카톡 하나가 왔다.

『한번 시도했던 것을 정확하게 반복할 수는 없어.』

2년 후, 탐사 우주선에 몸을 실은 푸네스가 항로를 멋대로 변경했고 해왕성을 벗어나자 신호가 끊어졌다. 나는 그것이 푸네스의 마지막 노력이라고 생각했는데 이제는 알 수 없는 일이 되었다.

수염고래

또 몰래 자다가 보다가
옷깃 찌부러지고 염료가 새어 나오고
또 머리를 굴리다가 눈 부라리다가
보도블록에 피 흘리고 다닌다

이 상처가 아닌데
코너가 아닌데 미는 손 감기는

진절머리야
어두운 곳에서 손등을 만진다
첫 번째 직장으로 돌아갈 수 있을까
맥가이버 나이프를 내장까지 박아 넣고 싶다
몸이 있어서 끝없고 덧없는
광고 다 봐야 시작했던 대선 후보 토론회처럼
입으로 불쑥 들어온 알 수 없는 조각을 삼키고
소화될 때까지 시간 잘 간다

겨울에는 자다가 첫눈이 다 녹기도 했다
양치를 해야지

잊지 말아야지 잊기 위해 애썼던 모든 일들을

꺼내 와

머리말에 두고

또 한참을 잠들었다가

문어 모자

밤이 짧다
요즘 드는 생각들은 하나같이 무서운데

열을 위한 회상

작년에는 처참했다
멧비둘기가 둥지를 틀었다
두 문제 차이로 떨어졌다

옆집 사람은 밤마다 같은 노래를 부른다

나는 4분기 실적을 가지고
엘리베이터에서
아무것도 누르지 않다가

회상 공간

내가 뭘 먹었더라?
누굴 실망시켰더라?

탁한 목소리는 과거의 뒤통수에서 들리고

나는 내가 좋아 야근을 했다
뭐든 노래로 만들던 곳으로

돌아가고 싶지 않았다

눈물 난사다

신에게 기도하고 들어갔다
오랜만이에요.
말씀이 울리고 있다
공간을 의식하여

커다란 플라스틱병에서 밀떡을 꺼내 삼키고 단조 위주의 배경음이 #잊었고 #카멜담뱃갑 #규칙적인스쿼트.

나는 그가 내리는 메시지에 집중했다. 그것은 은유투성이로 자꾸 삶을 무언가에 빗대어 번역하기 곤란했으며 마치 삶을 한꺼번에 살아 버린 것마냥

실성하였음.

이곳에는 세 존재가 나란히 숨 쉬고 있습니다. 신께서는 헤아릴 수 없이 많은 표정을 지니고 계시지만 주로 짓는 건 몇 가지죠. 그러니 자리를 조금 옮겨서, 카페 골목의 낙엽송들과 그 아래 장구 치는 소리를 들어 보겠습니다.

사람들이 둘씩 셋씩 지나가는데

우리가 저 중 하나라고 생각하지 않겠습니까? 사람은 곧잘 자신을 사람이라고 지칭합니다만……

양자점(quantum dot 말입니다)을 찍고, 출력한 시를 벽지로

붙인 수상쩍은 카페에 들어가

각설하고, 가장 뜨거운 음료는 무엇입니까? 나는 언제나 이것이 질문이라고 생각했다. 또 그는 질문을 잘 들어주는 타입도 아니었고

벽지를 문지르며

그러나 주변을 힐끗거리며

1리터 커피를 마신다 코스믹 비전이 사람들의 호기심을 충족시켜 주고 있군요. 또한

말씀이 울린다 미션,

#미션들

#대위법

#애어차피못알아들어계속말해

돌멩이와 돌멩이 요리사

처음부터 요리사는 아니었다.
처음에는 아무것도 아니었고, 단 하나의 문장을 반복하는 면벽승이었고,
언제부턴가는 코트 주머니에 들어 있던 매끈한 돌멩이를 더듬고 쓰다듬었다.

그 돌멩이는 여름 잠옷의 묵직한 단추였다.
출근하는 머릿속을 굴러다니는 회중시계였다.

잠결에 돌멩이가 부르는 소리에
쪽파와 다진 마늘, 고추기름을 철판에 볶고
휘궈 소스 바른 돌멩이를 이리저리 굴렸다.

헹구고 더듬고 쓰다듬었다.
혀가 붓도록 빨았다.

입에서 돌멩이를 꺼내지 않는 날이 많아지면서
나는 대답 대신 고개를 끄덕였고
집까지 오는 지하철 내내 우뚝 서 있다가

욕조에 몸을 푹 내려놓고는
승승하게 피어나는 물이끼가 되기도 하고
해풍에 갈라지는 소리도 내며
머리를 곧게 내민 푸른바다거북을 생각하는 것이었다.

디 알파인

선전·선동 목적의 의문부호 사용을 삼가시오.
공원 내부의 조각상을 쓰다듬지 마시오. (청동상 제외)
나를 질투해 줘요.

– 배고프다고 보채지 말랬지? 메뉴 고르는 데 집중 안 된단 말야.
– 우리의dnfldml…… 메뉴
– 아무거나 고르면 후회할 거잖아!

도마 도마 도마……
무엇을 그리고 이제야

그래 도마님의 사진을
봤어.

켄터키 후라이드

나는 대부의 달인 서황과 단검 곡예사 장첸의 일기토를 보고 있다. 아니, 채널을 돌리다가 라운드 걸이 퇴장한 UFC를 보고 있었다. 치킨을 한 조각 입에 넣으며, 바삭하게 부서지는 튀김옷을 저 사람들에게도 입혀 주면 좋겠군. 모히칸 헤드가 카메라를 향해 주먹을 휘둘렀고 내가 피하자 소파에 그대로 꽂혔다. 아니, 나는 집들이를 하고 있었다. 어쩔 수 없이 초대한 K는 이런 집은 곰팡이가 잘 끼네, 굳이 들어온다면 전세여야 했었네. 그러지 말고 2년간 에코프로에 묵혀 두면 제대로 된 집으로 옮길 수 있다고 했다. 나는 아내의 눈치를 보다가 아내의 영혼이 지금 여기 없다는 것을 알았다. 아니, K와 나는 여섯 시간째 팔씨름을 하고 있었다. 시간이 길어질수록 패배는 더욱 부끄러운 것이 되어 간다고! 관중도 없는 테이블에서 나는, 아니, 우리는 총선 전략을 짜고 있었다. 열세를 극복하려면 공천부터 다시 생각해 봐야 한다. 종로구부터. 아니, 나는 영주권 심사 결과를 초조하게 기다리고 있었다. 어머니의 나라에서. 그러나 한편으로는 엄마가 나를 무사히 낳을지 지켜보고 싶었다. 아니, 바구니에 담겨 물살을 거스르고 있었다.

어깨 위의 천사

아까부터 웬 천사가 내 어깨에 앉아 있다.
무게는 느껴지지 않지만

천사의 목소리가 들리자
나의 무릎이 꺾인다.

나는 일어서지 않는다.

그러나 의지를 거두게 하시고 이끌려 온 곳에 내려앉은 판자들과
엎질러진 유년이

매를 때렸지
가호로 감싸며

나는 천사의 저의를 알 수 없다.
천사는 꼭 필요한 말만 한다.

돌이킬 수 있나요?

천사는 사람들이 지나다니지 않는 길을 안다.

미간의 일

초콜릿 박힌 쿠키를 깨물다가
아세계(我世界)를 부수다가

그렇소, 전차 이끌고 가는 것이오.
비행기 모드 켜고 불빛을 내세우면서.

시인 머리로 할 수 있는 몇 가지 놀이

시인의 머리를 갈랐더니 절망이 쏟아졌다. 그래서요?

포시즌스 호텔 지하 6층에는 경운기가 있습니다. 혼합재료, 나의

공용 거주 지역이

검게 칠해진다. 너무 아름다워.

거상을 찾아왔다. 제대로 왔다. 그들은 손바닥으로 대화하며, 앉은 자리에서 토마토 한 궤짝을 먹어 치운다.

새벽 세 시, 새 글 피드가 조금은 잠잠해질 시간……

나는 핸들에서 손 떼고 방범창을 내린다. 이 안온한 어둠: 이것은 감상이고

서로 다른 감상—그러니까 네 개 이상의 토마토를—씻다가 갑자기 뜨거운 물이 나오는 것이다. 것입니다.

다시.

이곳에는 지켜보는 눈이 많다. 굿을 조금 하고, 눈동자를 한데 섞읍시다. 로또 공들이 튀어 오르고 그러게 범죄자들의 도시 그러게

덜 끓인 만둣국 속 만두피처럼
삶은 절망처럼 쏟아지진 않고 체에 밭쳐 둔 것처럼
기쁜 일만 빠져나가지
세 군데, 세 군데, 실감나게 어디 세 군데……

지금 이 사람
술 마시는 척하다가
옷깃에 흘려보낸 것이다. 속옷도 취하라고. 어깨동무를 반으로 접고 오리 배 타다가
실수로 바다에 들어선 것이다!

"인간과 눈 마주치는 건, 정말 마지막이라는 뜻이지."
"당신 선에서 끝낼 수도 있었을 텐데요."

그렇다 지구…… 억지로 붙인 나의 누더기
"당신…… 당신 눈이 흐리군요 이제야"
"나는 이제야"
분산된 부동산이 국고에 환수됨, 흔들면서, 잭슨 콕은 끝내주는 시인 머리 컬렉션을 자랑했다 "재료들과"

절망을 기본값으로 상정하는

뭐 이야기들이야
보통 그렇게 마무리된다. 되곤 한다. 아리아,
이입 대상을 찾지 못하겠습니다.

보보타

히 사신 심장 달아오른 여권 가그린 다음 나랑은 사랑 없는 보보타하다 보보타하다 그래 색다르나 들개로 흰 개 너무 좋아 문단 핑 문단 퍽 유니버스를 둘레길을 따라 왕립 사립학교 김대중 손자와 다니고 나다니고 꽈리고추 짐볼 외 있다 있다 그리고 복어 내장 든 있다 쓰레기 아니라고 봉지 주워다 끓여 먹은 50년 전 신문지를 깔고 부르스타 위에 누워 딱 30분만 보보타 형 행복을 자동사로 사신 히 일신우일신 구멍 뚫린 사람 담금주 숙성을 오래오래 형 그래 형 여기에 잠들다마다

나의 다정한 윤리 선생님

지금쯤 대전역을 지나고 계시겠네요. 아침은 드셨을까요. 실시간 위성 중계로 보고 있습니다. 옆자리에 올려 둔 물건은 뭐죠? 화장실은 제때 가셨는지요. 요즘 그것이 참 무섭다는데, 알아서 하시겠지만요.

그래도 머리는 차갑게 두세요 선생님. 다른 일 구하기 힘든 세상이잖아요. 연우도 할 말이 있다고 합니다. 덕분에 돈을 좀 만졌어요. 꿈을 빼앗아 주셔서 감사합니다. 그런데 어디 숨겼죠? 집은 그냥 둬도 알아서 오를 거예요.

선생 하기 싫다고, 애가 해도 상관없을 거라고 교탁에 호문쿨루스 탁 놓고 나가셨잖아요. 저희도 화분에 들어갔어요. 혜성이도 할 말이 있다고 합니다. 안녕하세요, 까먹었어요. 우는 사람 한 명은 있어야 하잖아요. 그럼 당신도 화끈하게 울고 다 잊어버리자구요.

열차가 갑자기 붕 떠오를 거예요. 교실에서 창문을 보면 펼쳐지는 하늘이요. 같이 탔어야 했는데…… 지금 판서 중인 선생님은 글씨를 참 못 써요. 선생님 처음 오셨을 때 생각나게요. 그땐 열

다섯이었는데, 왜 선생님만 자꾸 늙고 계세요?

에스컬레이터에서 아기 돌보기

위락 지구 일대는 근린생활시설로 지정되어
나는 돈을 좀 벌려다 실패했다.
그래도 뭐가 없나 해서
나이트클럽 트럭을 몰고 한 바퀴 돌아보다가
이상한 간판을 보고 차를 세웠다.

여긴 뭐 하는 곳이죠?
매장 안에서 떠드는 건 불법입니다.
나는 수첩을 꺼내 적는다. [여기는 뭐 하는 곳이죠?]
[불법입니다.]
그는 마침표를 찍고는 뒤로 나자빠졌다.
여기 누구 없어요?

내가 있다. 나는 쓰러진 사람들로 피라미드 쌓는다.
이런 걸 해 보고 싶었어, 다시는 못 할 거야.
바람도 쐴 겸 터널을 지나려는데
누군가 벌떡 일어나 길을 막는다 산삼이라도 처먹었나?
제가 주인입니다. (당신은 밖에 나가 본 적도 없잖아!)

터널 저편에서 바람이 불어오고
여드름이 잘 짜지지 않아
어쩌다 내 피부가 이렇게 됐을까
밥 잘 먹고 잠도 충분히 잤는데

손님이 뜸했습니다.
그는 쓰러진 사람 하나를 부축한다 모처럼이니까
천장에선 미러볼이 돌아가고

우리는 밥을 둘이서 먹는 사이
안부랄 것도 없다.

옷핀은 쉴 새 없는 피뢰침

한 칸 앞은 마계촌
또 한 칸 앞은 어르신 쉼터

헬멧을 고르고 밖에서 기다린다
나도 지옥에서 왔어요, 덜 말린 머리

관점에 따라서는 우리가 여름에 가까워지기도 해

콩 주머니는 나쁜 애들이 쥐는 거랬어요
믿음직한 부하 몇을 강물에
떠내려 보내고

소변기, LP판, 자벌레 붙은 나뭇가지
수박 바퀴를 단 차들이 육교 아래를 통과한다

나도 저 위 맨션에서 왔어요
아무것도 잃어버리지 말라고 매단
허리춤 가방 하나와

만 보를 걸으면서 친구들 주머니를 까 보던 일
포탈 건을 행인 얼굴에다가도 겨누기

호준아

혼자 사는 게 이렇게 좋은 건지 몰랐어요

(부록) 거개의 시

그는 시인이다. 그는 시를 읽지 않는다. 그는 아무것도 읽지 않는다. 사람들이 읽기 전에 자리를 비킨다.

너는 시인도 아냐. 응. 그가 답한다. 그에게는 좋아하는 시가 없다. 외우는 시도 없고 추울 때 생각나는 시도 없다.

너는. 그가 말한다. 무언가 가슴을 조여요. 답답해. 그가 말한다.

그는 시 속에 산다. 암자가 있고, 새벽부터 물을 길어 온다. 시를 읽어 볼까. 그러나 그는 시를 읽지 않고 시가 보이면. 사랑해. 머리만 내놓고 말하는 것이다.

물이 넘치고 있다.

너는 네가 쓴 시를 읽는다. 좋아. 그가 머뭇거린다.

해설

시인의 언덕을 오르는 기사 이야기

송승언(시인)

일지 갱신됨

〈플레인스케이프: 토먼트〉(이하 '토먼트')의 메뉴:

새로운 삶 / 삶을 선택한다 / 삶을 계속한다

토먼트는 삶과 죽음에 관한 철학적인 인터랙티브 픽션에 가까운 롤플레잉 게임이다. 플레이어는 게임 역사상 가장 특이한 캐릭터를 맡는다. 그의 이름은 '이름 없는 자'인데, 게임 내 세계에서 그런 별명으로 불린다는 뜻이 아니라 실제로 이름이 없다는 의미다. 정확히 해 두자면 그는 이름을 갖고 있었으나 잊어버렸다.

그는 자신이 기억하지 못하는 사건으로 인해 죽지 않는 몸이 되어 버렸다. 물리적으로 죽더라도 잠시 후 다시 눈을 뜬다. 다만 그 대가로 죽기 전의 기억을 조금씩 잃어버릴 뿐이다. 이는 축복인 동시에 저주다. 플레인스케이프 세계를 돌아다니며 수없이 죽음을 맞이했던 그는 어느 순간 자신의 이름마저 잊어버린 채 살아가게 된다. 때문에 그는 언젠가부터 자신으로서 존재하기 위해 필요한 기억을 잊지 않고자 일지를 써 나간다. (그중에서도 가장 중요한 일지들은 종이가 아닌 자신의 피부에 새긴다.)

기억을 잃은 사람이 기억을 잃기 전의 사람과 같은 사람이라고 말할 수 있는 것인지가 응당 따라올 물음이다. 그는 삶의 어느 시점에서 선한 영향력을 세상에 전파하는 이였고, 한때는 망상 장애에 빠져 함정과 비밀에 골몰하는 광인이었으며,

때로는 믿지 못할 만큼 악당이었다. 그리고 지금은 기억을 잃은 채 과거의 자신들이 남겨 둔 일지에 의존해 잃어버린 자신의 조각들을 찾아서 세계를 떠도는, 살아 있는 시체다.

그의 육체는 거푸집이다. 죽음을 거듭할 때마다 드나들던 영혼의 쇳물은 이제 모두 빠져나가고 없다. 빈 거푸집은 전생들이 앞서 머물렀던 장소들을 다시 찾아간다. 만났던 이를 또 만나고, 본 것을 또 보며…… 그는 쓴다, 일지를. 이번 회차의 자신이 잘못되어 기억을 또 잃어버리더라도 다음 회차의 자신이 일지를 읽고 잃어버린 기억을 더듬거리며 계속 존재의 탐구를 이어 갈 수 있도록. 완전한 망각의 강에 자신의 육신을 흘려보내지 않기 위해서. 가장 잔혹한 형태의 죽음은 모든 것을 망각하고 마는 것이기에(그러니 우리들이 겪는 진짜 죽음은 정말이지 얼마나 잔혹한가……).

일지 갱신됨

조지 오웰의 소설 『1984』에서, 윈스턴이 저지르는 최초의 반역 행위는 (아마도) 개인적인 기록–일지 쓰기–이다. 가끔은 시처럼.

일지 갱신됨

몇몇 시집을 읽으면서 나는 쓰기가 죽음을 불러올 수 있다고 생각해 보게 됐다.

C. 티 응우옌은 『게임 : 행위성의 예술』❝에서 게임이 행위성을 기록하는 예술이라고 주장한다. 이야기가 서사를,

❝ C. 티 응우옌, 『게임 : 행위성의 예술』, 이동휘 옮김, 워크룸프레스, 2022

회화가 시각을, 음악이 소리를 기록하게 해 주듯이 게임 또한 행위성을 기록하는 인간적 관행의 일부라는 것이다. 게임은 플레이어를 위해 특수한 고투(苦鬪) 형식을 선보이고, 플레이어는 승리를 위해, 때로는 분투하는 경험 자체를 위해 이 형식을 받아들인다. 이를 통해 플레이어는 다양한 행위성들을 익히게 되고 이에 몰입한다. 이를 통해 게임은 일상 세계에서 벗어나기 위한 피신처가 되기도 하는데, 실제 세계의 가치는 제멋대로인 채로 고정되어 있고, 우리는 강제로 이를 따라서 고통받아야 하지만 게임은 그렇지 않기 때문이다. 게임에는 특수한 행위성을 위해 디자이너가 의도적으로 설정한 고투 형식이 있으며 우리는 이에 자발적으로 참여한다.

한편 내가 생각하기에 게임이 가장 많이 가르치는 것은 죽음이라는 행위, 죽는 경험 그 자체다. 우리는 솔직히 한 편의 아름다운 시를 읽으며 숨이 멎는 것 같다고 말할 수는 있어도 그것으로 죽지는 않는다. 비유적으로라면 몰라도 영화가, 음악이 우리에게 죽는 경험을 하게 해 주진 않는다. 하지만 게임은 우리에게 죽음을 선사한다.

우리는 게임이라는 형식을 받아들이고 이에 몰입하는 동안 캐릭터에게 우리의 감각 일부를 결합시키고 영혼을 주입한다. 의도적으로 플레이어를 고난에 들게 만드는 난이도와 스타일로 하나의 장르를 이룬 〈다크 소울〉 시리즈에서 우리가 가장 많이 보게 되는 문장은 "너는 죽었다(YOU DIED)."이다. 우리는 수도 없이 죽어 나가며 쌓이고 쌓인 자신의 시체를 넘고, 다른 플레이어들의 죽음의 흔적인 망령들의 도움을 받아

숙적들을 물리치고 세계의 어둠을 밝혀 나간다.

오늘날 각각의 게임은 말 그대로 각각의 세계로 취급되고 있다. 그곳들의 죽음 규칙들은 저마다 다르기에 우리는 매 세계마다 새로운 방식으로 죽음을 체험한다. 취향이 고약한 개발자들은 때때로 다양하게 죽는 방법 자체에 몰두하는 게임을 만들기도 할 정도다. 우리의 실패는 절대로 진정한 죽음을 맞이하지 못한 채 계속해서 부활하는 캐릭터들의 비참과 연결되지만, 그래도 우리는 게임 속 패배를 통해 수많은 죽음의 면모를 경험한다. 가벼운 죽음과 무거운 죽음, 웃긴 죽음과 비참한 죽음, 슬픈 죽음과 숭고한 죽음을 주체로서 경험하는 일은 다른 예술 장르는 쉽사리 주지 못하는 게임의 고유한 특질이다.

그러나 캐릭터가 비치는 운명의 거울 너머에서 화자의 운명 또한 발견되는 것은 아닐지. 시인이 단지 화자를 창조하는 것에 그치는 자가 아니라, 시 쓰기라는 특수한 행위를 통해 화자를 유일하게, 그리고 순간적으로 체험하는 사람이라면?

나는 언젠가부터 이렇게 생각해 보게 됐다. 그러한 체험이 읽기만으로는 가 볼 수 없는 시적 체험이라는 것이며, 게임이 지닌 행위성의 힘과 시 쓰기를 통해 얻는 순간적인 전능감이 조응하는 영역이기도 하다고.

읽기는 쓰기라는 세계로 나아가기 위한 포털이며, 힘을 지닌 시는 결국 읽기를 넘어 쓰기를 유발해야 한다고. 시의 힘을 느낀 여러 독자들이 곧 시를 쓰는 자가 되려는 게 너무 자연스럽듯이. 시는 그렇게 쓰기를 통해서만 잠시 구현되었다가 또 허물어지는 순간적인 주관성의 세계이며, 시집은 그 세계를 잠시 일으켰던 힘에 얽힌 기록이다.

달리 말해 시 쓰기는 화자를 통해 고유한 규칙성이 마련된 세계에서의 생활과 죽음을 체험하기에 적당한 놀이라는 생각. 그것은 죽는 자세를 알아 가며 죽음과 고투하는 이야기. 결국 규칙과 배반의 게임. 수도 없이 반복되며, 반복될 때마다 알 수 없는. 죽음을 맞이하는 순간 자신의 얼굴이 어떠하면 좋을지. 최후의 표정이란 어떤 것일지. 매번 다시 그려 보는 영정.

일지 갱신됨

놀이터로 가자. 그곳은 모험 가득한 곳. 그러니까 죽을 수도 있는 곳. 나는 그곳을 너무나 좋아해서 날마다 갔다. 꽤 늙어 버린 지금도 지하철 타러 가는 길에 일부러 놀이터를 경유한다. 그곳에서 이제는 끝나 버린 내 유년의 모험들을 떠올려 본다. 애석하게도 나는 은퇴한 모험가. 요즘 놀이터는 다 안전 지향이다.

"가벼운 마음"으로 시작한다. 새 놀이터는 새 세계, 새 모험 장소. 놀이터에는 아이 화자가 있다. 죽이는 것을 놀이로 삼는. 아이 화자를 향한 시선은 철봉에 매달릴 때 돌연 모호해진다. 분명히 자살 시도를 연상시키지만 그냥 가벼운 마음으로 했다는 듯이. 죽고 싶은 마음과 죽이고 싶은 마음은 서로를 부정하는 듯하지만 닮아 있다. 죽음은 '맞이해야만' 하는 것이기에, 죽음에 대한 예행은 자연사로는 이루어지지 않는다. 진정한 죽음을 박탈당한 채 유사 죽음과 부활을 반복해 온 세계속에서 화자는 죽기 위해 살해를 시도하고 있다.

일지 갱신됨

사람을 죽이는 범죄를 묘사한 최초의 게임 중 하나는 1976년에 발매된 〈데스 레이스〉다. 게임의 내용은 단순하다. 당신은 차를 타고 있는 드라이버다. 디스플레이 크기와 같은 공간에는 사람들이 돌아다니고 있다. 차를 몰아 사람들을 치면 점수를 얻는다. 당신이 친 사람은 비명을 지르며 쓰러지고 바닥에는 시체가 남는다. 비디오게임의 초창기였던 만큼 게임 그래픽은 단색에 픽셀로 단순하게 표현되고 있다. 때문에 상상의 여지가 많다고 생각하기라도 한 것인지, 잔혹성으로 인해 논란이 되자 개발사는 '사람이 아니라 그렘린'이라고 변명했다. (그러면 그렘린은 마음껏 죽여도 된다는 뜻일까.) 검은 화면 위를 돌아다니는 그것들은 사람처럼 보이기도 하고, 그렘린처럼 보이기도 하고, 개미나 다른 벌레처럼 보이기도 한다.
이 게임은 죽임을 수행하는 것 외에는 다른 무엇도 목적하지 않는다.

일지 갱신됨

'시 세계'라는 표현이 때때로 웃기게 느껴진다. 시를 쓰고 읽는 인간들 외에는 아무도 쓰지 않는 표현이라서. 그래, 정말로 그런 세계가 있다고 치자. 그 시 세계라는 것이 한 시인마다, 한 시집마다 있어서 이미 수천수만 개 창조되어 있는 상태라면…… 화자의 뒤통수를 쫓거나 그에 빙의하는 독자들에게는 수천수만 개의 세계가 지닌 고유성의 영역을 탐험할 기회가 있다는 의미가 될까, 아니면 차라리 화자의 죽음 시도와 그 실패의 역사로 얼룩진 다크 투어에 가까울까.

*일지 갱신됨*

쿠이 료코의 만화 『던전밥』의 주무대인 던전은 마법으로 인해 육체에 영혼이 구속되어 있는 공간이다.

"죽는 것 자체가 금지되어 있어."❞

*일지 갱신됨*

오랫동안 관찰한 바 **전통 김부각**은 대체로 죽는 소리만 한다. 그거 아니면 시 소리.

*일지 갱신됨*

① 끊임없이 생산되고 소비되는 수많은 이세계(異世界)물을 볼 때 드는 생각: 사람들은 이 세계를 격렬하리만치 원하지 않는다. 이세계를 원하는 게 아니라 그저 이 세계를 벗어나고픈 욕망에 수천수만 개의 이세계가 생산되고 있다.

② 이 세계도 하나의 이세계라고 가정해보자. 그러니까 억만장자가 고작 100달러를 가지고 90일 만에 10만 달러를 모을 수 있는 세계. 자본주의라는 이세계. 대체로는 이 세계가 제시한 목표와 규칙에 따라 열심히들 사는 듯이 보이지만…….

③ 신이시여, 이따위에 아무런 흥미도 없는 사람을

❞ 애니메이션 <던전밥> 제9화: 텐터클스/스튜에 등장하는 대사.

이 세계에 가둬 놓으면 어쩌란 말씀이세요. 생각만 해도 어지러운 이 미친 세상에.

일지 갱신됨

"파란 머리 아레스"(『엔터 더 드래곤』[❝]에 수록된 시 제목)를 추억한다. 아레스는 게임 〈용의 기사 2〉의 등장인물로, 주인공 사울의 죽마고우다. 그는 잔디 인형처럼 뾰족하고 풍성하게 돋아난 파란색 머리카락을 가지고 있는데 이 빗자루 같은 모발은 자신의 아버지인 파라도(〈용의 기사 1〉의 등장인물)로부터 유전된 것이다. (아마도 그들의 문화적 조상은 장 피에르 폴나레프[❝]다.)

어쩌면 서호준은 아레스를 좋아했을 것이다. 그 게임을 플레이한 많은 또래들이 그랬듯이. 나는 아레스를 좋아했다. 그에게서는 '친구'의 냄새가 난다. 처음에는 그가 강한 줄 알았다. 커서 보니 아니었다. 그의 성장곡선은 다른 기사들보다 뛰어나지 않다. 하지만 나는 그가 생각보다 강하지 않다는 걸 알게 된 이후에도 그를 주력으로 키웠다. 그는 친구니까.

사울은 나와 관계 맺는 대상이라기보다는 단지 나를 대신해 이야기를 이끌어 가기 위한 대리 화자로 느껴진다. 사실 그 자리에 있어야 하는 것은 사울이 아니라 나다. 하지만 내가 거기에 있으면 힘들고 위험하고 어쩌면 죽을 수도 있으니까 나를 대신해서 사울이 그 자리에 있는 것이다. 때문에 사울을 성장시키는 것은 이야기상 필요에 따라 내게 주어지는 과제다. 하지만 아레스는 그렇지 않다. 그는 내 친구니까 함께 성장하며

[❝] 서호준, 『엔터 더 드래곤』, 파란, 2023

[❝] 아라키 히로히코의 만화 『죠죠의 기묘한 모험』에 등장하는 인물. 길쭉한 은발의 빗자루 머리가 특징이다.

어려움을 극복해 나가고 싶은 것이다. 내가 잔디밭에 누워 있으면 조용히 옆으로 다가와 함께 누울 친구, 카페에서 고민 상담을 해 주는 대신에 대련이나 하자며 땀 흘려 줄 친구.

나는 무슨 말을 하고 있는 걸까? 적어도 내게 있어 아레스는 인용된 상징물 같은 게 아니라는 말을 하고 싶은가 보다. 그는 그냥 한 시절을 나와 함께 보낸, 이제는 옛날이야기 속에 영영 갇힌 채 돌아오지 않는 내 친구다.

일지 갱신됨

나: 특히 '기억'에 관한 것들이 눈길을 끄는데, 저는 그 기억을 향한 들쑤심이 세계 전이에 관한 현기증과 정신병이라는 생각이 들어요. 그래서 결국 이 화자 내지 아바타는 이 세계를 이세계로 느낄 수밖에 없는 거라고요.

부각: 이 현기증은 시차라기보단 세계차 같은 것일까요?

일지 갱신됨

"난 항구를 떠도는 철새요!"

게임 〈대항해시대 2〉에서 무직 상태의 항해사들이 자주 하는 말. 그들은 모험가요 방랑자다. 그 여정은 자신의 가치를 알아봐 줄 선장을 찾기 위함일 수도 있고, 그저 고독감을 느끼면서도 한곳에 머무르지 못하는 천성의 표출일 수도 있다.

(나는 출판사를 떠도는 철새요!)

일지 갱신됨

가야 할 곳에 바로 가지 못하고 자꾸 엉뚱한 곳으로 빠지는 사람 목격.

시는 대체로 이동한다. 나로부터 대상으로의 이동, 원관념과 보조관념 사이의 이동, 발화와 의미 사이의 이동, 감각과 느낌 사이의 이동, 단어와 여백 사이의 이동, 기억의 신기루와 현재의 생활감 사이의 이동…… 메타포는 그러한 이동을 돕는 교통수단. 그러므로 독자 일반이 시를 마주할 때 당혹감과 불안, 심하게는 공포를 느끼는 것은 당연하다. 이 열차가 어디로 향하는지 모르기 때문이다. 어디에서 내릴지도 모르는 채 단지 옮겨지고 있는 기분에 적응할 수 없다는 사실에는 멀미할 수밖에.

일지 갱신됨

어떤 시집 속 게임의 농도가 중요한 것은 아니고 게임 자체가 중요한 것도 아니다. 반대로 그것을 현실이나 여타 예술과 구분하는 일 자체가 별 의미 없다. 게임이 예술이라서가 아니다. 그것이 '게임적 요소를 차용'한다거나 하는 차원에서 다뤄지는 것이 아니기 때문이다. 이전 세계에 관한 기억을 보존한 채 다음 세계로 계속해서 넘어가는 사람들. 이것이 실존감의 오류에서 오는 기억의 착란이라고 해보자. 이를테면 오늘날에는 엄밀히 말해 차라리 이세계로 분류되는 세계들이 진정한 자신의 세계이고, 이 세계를 이세계로 느끼는, 그런 점에서 이 세계에 온전히 적응하지 못하는 이들이 있다. '외부자'로 분류할 수 있을 이들이 느끼는 기분이란 대체로 그런 것이라고 생각된다. 있어야 할 곳이 현실이 아님에도 현실로 쫓겨난 이들. 시에 목을 매는 이라 해도 다르지 않겠다. 그러니 어떤 것은 차용이기 이전에 전이이며, 지금 여기에서 밀려난 한 인간의 경험과 기억이고, 언제고 뇌 속에서 언어와 이미지를 입고서 일어나는 들쑤심과 삽화다. 기분을 제거하기 위해 다른 곳으로 갈 수밖에, 그러나 오늘 내가 있을 수 있는 곳이 오직 방구석뿐이라면…….

일지 갱신됨

현실이 우리에게 주는 기묘한 부조화.
내가 잘못된 곳에 옮겨져 있다는 느낌.

일지 갱신됨

이런 생각을 안 해 본 건 아님: 그런 의미에서 그에게 문단은 이 세계에 속하는 것이지 않았을까.

일지 갱신됨

관행으로서 등단 제도라는 것이 어떤 시인들을, 어떤 시들을 바깥으로 몰아냈듯이, 어떤 시인들, 어떤 시들은 바깥에서 그들의 채마밭을 일궈 나갔다. 밭뙈기들. 상속받은 것 없이 광야로 떠나왔더라도 외부자로서 저마다 일가를 이루리라. 그들은 죽을 만큼 괴롭더라도 완전히 죽지는 않았다. 죽으면 이야기가 끝나니까. 이야기는 계속되어야 하므로. 유령이라는 반-존재를 생각하지 않을 수 없는 것도 당연한 일이겠고, 고운

인생을 보내지 못했던 이들에게 이입하는 것도 마찬가지이겠다. 파편이 아닌 온전한 삶, 정상성이라는 이름으로 투명하게 기록되는 인생에 어찌 외부자들이 이입할 수 있었겠는가. 그들의 발라드는 아무리 드높게 울려 퍼지더라도 바깥 존재들이 마음 다할 수는 없는 것이었다. (한편 윤동주도 짧은 생을 사는 동안 여러 측면에서 계속 외부자이지 않았던가?)

일지 갱신됨

삶은 생존을 위한 수많은 과업에 묶여 있다. 그 과업들은 흔히 꿈이라는 조작된 상징으로 나타난다. 생존에 기여하는 것은 가치 있는 것이며, 의미이다. 이러한 관점에서 무의미는 부정성을 띤다. 하지만 과업의 사슬에 묶이기를 그 누가 원하기라도 했단 말인가? 내게는 꿈이 없었다. 나는 솔직히 아무것도 하기 싫다. 그러나 아무것도 하지 않는다면 나는 죽을 것이다. 하지만 내가 열과 성을 다해 과업에 매달린다 해도 내 죽음은 그저 조금 지연될 뿐이다. 이건 정말로 짜증 나는 일이다.

매일 죽고 싶다는 생각을 견디면서 살아가야 할 때 분업하던 정신은 하나둘씩 파업에 나선다. 무어라 쓴 깃발들을 저마다 하나씩 들고 머릿속을 헤집고 다니는데 죽고 싶다고 생각하지 않고 배길 수 있나. 하루 더 살려면 죽겠다고 타령해야지.

일지 갱신됨

시인-됨의 조건에 관해 "자가 한 채"를 이야기하는 아빠의 말은 슬프게도 지당하다. 비록 나는 내 집 한 채 없는 가난한 시인이지만. 집 한 채도 없이 시인이 된다는 것은 자신의 삶을 고통의 연쇄로 내몰겠다는 뜻이니 미래에 시인이 되려는 이가 있거든 부디 집 먼저 마련해 이런 고통을 피하길 바란다. 아빠에 의하면 또 하나의 시인-됨의 조건인 "곤조" 하나만 믿고 그 언덕을 오르다간…… 시마(詩魔)에 휩싸일 수 있다. 그렇게라도 자신만의 언덕을 언젠가 갖고 싶다면 그리할 수밖에 없겠으나.

수많은 시인의 어깨 위에 올라 있는 시인들. 어느 어깨는 깨끗하고 어느 어깨는 발 디딜 틈 없다. 어디에 오르고 안 오르고는 어깨의 주인이 결정할 수 있는 것은 아니다. 내 어깨 위에는 아무도 없다는 생각도 늘 외로움과 오만함의 뒤섞임에서 오는 착각이듯이.

일지 갱신됨

"시 쓸 마음 먹기가 등산로 입구까지 가기보다 어렵다……."(**부각 전통김**)

일지 갱신됨

아무짝에도 쓸모없는 "벽돌짐"을 어쩌란 말이야.

그 기능이 상황이나 조건과 불일치한 상태로 존재하는 사물들. 의미상 있어야 할 자리에 있지 않고 엉뚱한 장소에 놓이게 될 때, 본래 지녀야 할 지위와 의미를 잃어버린 채, 긍정적으로 말하면 우리 현실에서 기표와 본뜻으로 강하게 구속되어 있던 목줄을 끊어 버리는 순간 그것들은 그저 텅 빈 기표로서, 유희적 대상 혹은 유령 같은 존재로서 세계를 부유하게 된다.

그것은 현실에서는 쉽사리 일어나는 일이 아니고 문학(이나 다른 인접 예술)에서나 종종 일어나는 일이다. 그렇기에 그것은 개인이 활동을 현실 행위에 국한시키지 않고 문학 행위로 확장해 추구해 볼 수 있는 무엇이기도 하다. 우리의 언어에 영양학적으로 필요한 의미의 죽음을 위해.

일지 갱신됨

에르베 기베르는 『유령 이미지』❝에서 엄마에 관한 기억을 이야기한다. 빛 좋은 날 엄마를 모델로 오랜 시간 공들여 사진을 찍은 일. 그러나 자신의 실수로 인해 필름 없이 사진을 찍어 아무런 이미지도 남길 수 없었던 일. 그것은 꿈만 같던 현실이 악몽이 되고, 사라진 이미지의 절망으로서 텍스트라는 유령 이미지가 생성되었던 사건이다. 나는 그러한 사건 같은 경험을 형식화한 장르로서 시를 떠올린다.

일지 갱신됨

왜 시 쓰기를 그만둘 수 없는가?

시마에 빠진 사람 하나가 있다. 그는 오랫동안 시를 읽고 써 왔고 시인이 되고자 했다. 그는 한때 시 쓰기를 그만두었고 가지고 있던 시집을 버리기도 했지만 언제나 다시 시 쓰기로 돌아오곤 했다. 그는 시마에 빠졌다는 것을 알고 시마를 떨쳐 내기 위해 노력했다. 하지만 결국 떨쳐 내지 못했다. 그는

❝ 에르베 기베르, 『유령 이미지』, 안보옥 옮김, 알마, 2017

시마를 받아들이고 살기로 했다. (이것은 어디선가 당신의 삶을 주워듣고 표절한 것이 아니다. 오히려 당신들이 오랜 전형에 무의식적으로 지배당했다고 보는 쪽이 더 합당할 것 같다.)

시가 치료이며 구원이었다고 말했던 사람들. 지금도 그렇게 생각하십니까? 그들은 여전히 시를 쓰고 읽을까? 산다는 사실 자체가 고통인 이들에게 시가 정말로 힘이 될까? 그저 다른 형태의 감각적 쾌락을 잠시 주고서는 그보다 더 큰 고통을 가하며 현실의 고통을 잠시 잊게 만드는 마약에 더 가까운 건 아닐까? 점점 더 강한 시, 점점 더 증량이 필요한 시, 나중에는 그 무엇을 쓰고 읽어도 아무것도 느끼지 못해 점점 더 괴로워지기만 하는 시.

잡히지 않는 유령. 잡고 싶은 유령. 드디어 잡았다고 생각되는 유령. 그러나 마지막 한 자를 쓰고 다시 읽어 보면 사라져 있는 유령.

게임에 깊게 빠진 인간들이 결국 훌륭한 게임 대신에 쓰레기 게임으로 빠지듯이(욕하면서도 그걸 놓지는 않는다), 시마에 사로잡힌 인간은 결국 훌륭한 것은 도무지 기억할 수 없고 쓰레기 같은 것만 자꾸 떠올리게 되는 상태에 빠진다. 자꾸만 출몰하는 쓰레기 같은 악령. 저마다 가지고 있는 우리의 너절함. 그 불쾌한 심연까지 서로 내보이면서도 시를 그만두지 않는다. 저주받은 기분으로 하루를 더 살아갈 힘을 위해서? 아니면 외부자로서 가질 수 있는 유일한 언어 형식이라고 생각되기에?

그렇게 자신을 대리하여 화자를 존재시키고, 죽이고, 죽은 화자를 다시 일으키고, 수없이 죄를 저지르는 악당의 심정으로 조금도 이해되지 않는 인간을 이해하는 길로 걸어 본다고 하는가.

시 속에 살고 있는 화자를 본다. 시를 보고 사랑한다고 말하는 그. 아, 젠장. 결국 사랑이잖아. 사랑도 죽음도 한 인간으로서는 어찌할 수 없는 거잖아. 다가오면 맞이할 수밖에 없는. 세계를 파괴할 힘도 들어 올릴 힘도 모두 가지고 있는. 미움과 경애로 얽힌. 이해와 오해로 다져진. 밀려난 바깥에서부터 안쪽의 심장을 파괴하기 위해 돌진해 오는. 전속력으로 품에 안기는. 고개를 들어 서로를 바라보면 그렇게나 못나 보일 수 없는. 끔찍하게 사랑스러운.

일지 갱신됨

기병이나 편력 기사가 되고 싶다. 카스파 하우저[❝]나 돈키호테의 마음. 이미 그렇게 살아온 것도 같다. 이상한 사람들. 이르게 등장한 외부자들. 그래서 전혀 이해가 필요하지 않은 친구들. (같은 영혼의 소유자들을 이해할 필요는 없으니까.)

일지 갱신됨

돈키호테의 슬픔: 그가 문학을 너무 사랑했다는 것.

문학이 그를 미치게 했으며 파멸로 이끌었다는 것.

그리고 문학 세계에서의 모험을 마치고 현실로 돌아온 그에게 남겨진 것은 죽음뿐이었다는 것.

❝ Kaspar Hauser. 1828년 독일 뉘른베르크에 나타난 이상한 소년. 첫 발견 당시 그는 "나는 아빠처럼 기병이 되고 싶어요."라는 문장과 "말"이라는 단어를 반복했다.

일지 갱신됨

시길[❝]의 학파 중 하나인 더스트맨은 다원 우주에서의 삶에 미련을 버리지 못하면 계속해서 환생하게 된다고 생각한다. 이 윤회의 고리를 끊어 내고 진정한 죽음을 맞기 위해서는 모든 감정을 버려야만 한다.

일지 갱신됨

일러두기: 이 일지는 서호준의 새 시집에 수록될 발문 혹은 에세이를 써달라는 청을 받은 뒤로 시집 원고를 읽으며 떠오른 생각의 파편들을 적어 나간 것이다. 나는 청탁을 넌지시 고사했다. 부득이하게 몇 차례 발문을 쓴 바 있으나 아무래도 나는 발문 같지 않은 발문만 쓰려고 하기 때문이다. 그리 될 것 같으니 곤란하실 듯하다, 라고 의견을 표했으나 마음대로 써도 좋다는 말에 더는 거절하지 않았다.

문학—특히 시—에 관해 전공자 아닌 독자와 이야기를 나눌 때면 결국 '문학의 어려움'이라는 주제로 흐르게 될 때가 많다. 뜻을 이해하기 어렵다는 소리다. 그런 이들을 앞에 두고 이해하기보다는 느껴 보라느니, 환유가 어쩌니 하는 데에도 한계가 있다. 결국 나는 시의 의미에 관한 이야기를 전한다. 읽기의 입장에서는 분명 그러한 의미의 이해라는 측면이 수반될 필요는 있다. 그것이 시인의 의도나 바람과는 그다지 상관없을지라도.

하지만 나는 결국 문학에는 이해가 필요하지 않다고 생각하는 사람에 속한다. 이해하지 말고 느껴야 한다는 말 같은

❝ Sigil. 롤플레잉 게임 〈던전스 앤 드래곤스〉의 무대 중 하나인 〈플레인스케이프〉에 등장하는 도시. 높이가 무한대인 산봉우리 위에 떠 있다. '문의 도시'라고 불리며, 이곳에서 수많은 문을 통해 다른 차원으로 이동한다. 각각의 문과 열쇠는 시적 상징으로 결합되어 있다. 가령 서호준의 세계로 진입하는 문을 열기 위해서는 문어 모자가 필요하다. 그냥 쓸 수도 있고 뒤집어쓸 수도 있는.

게 아니다. 그저 말 그대로 이해가 필요하지 않다는 말이다. 문학에 이해가 필요하다는 생각은 얼마간 자기 개발적인 태도 같기도 하다. 문학이 우리 삶을 풍요롭게 해 주리라는 믿음? 문학이 우리가 모르던 세계를 가르쳐 주리라는? 하지만 앞서 전한 바와 같이, 내게 있어 문학 읽기란 쓰기로 향하는 관문이다. 그런 점에서 내게 있어 좋은 시는 독자에게 쓰기를 촉발시키는 힘이 있는 시다. 이해와 촉발 사이에는 허구렁이 있다.

서호준의 새 시집은 이렇게 말하는 것만 같다. "화자야, 아직도 네가 가보지 못한 산과 바다가 이렇게나 많아, 이렇게나……. 파도의 주름을 헤아릴 수 있겠니." 나도 시에게 더 많은 한국어 풍경을 보여 주고 싶다는 기분. 내 글을 끝까지 읽을 리가 없는 당신이라도 서호준의 시를 읽으면서는 또한 분명히 촉발하는 힘을 느꼈으리라. 하루 더 살기 위하여 시를 향해 돌진하는 바보 기사. 쓰기의 동맹, 오늘은 서호준과 함께 더 먼 곳으로 간다.

문학 웹진 LIM

여기, 뚫고 나오는 이야기의 숲

문학 웹진 LIM	등단 여부 및 장르에 구애받지 않는 여기의 젊은 작가들을 위한 연재 플랫폼입니다. 장·단편소설, 대담, 에세이 등 이채로운 작품을 요일마다 만날 수 있습니다.
림LIM 젊은 작가 소설집	웹진에 연재한 작품 중 일부를 엮어 일 년에 두 권 출간합니다.
시-림LIM	문학 웹진 LIM에서 새롭게 시작하는 시인선 시리즈. 자기만의 세계가 확고한, 다양한 표정을 가진 시를 소개합니다.
ILLUST LIM	일러스트레이터의 작품으로 단편소설 한 편을 새롭게 엮습니다.
림LIM 장편	01. 이하진 장편소설『모든 사람에 대한 이론』

'-림LIM'은 '숲'의 뜻을 더하는
접미사이자 이전에 없던 명사입니다.

www.webzinelim.com

시-LIM 시인선 002
그해 여름 문어 모자를 다시 쓰다
서호준 시집

초판 1쇄 발행	2025년 4월 30일

지은이	서호준
펴낸이	정중모
펴낸곳	도서출판 열림원

출판등록	1980년 5월 19일(제406-2000-000204호)
주소	경기도 파주시 회동길 152
전화	031-955-0700
팩스	031-955-0661
웹진	www.webzinelim.com
이메일	editor@yolimwon.com
	webzinelim@yolimwon.com
인스타그램	@yolimwon
	@webzinelim

주간	김종숙
책임편집	정소영
편집	김은혜 · 김혜원
디자인	강희철
마케팅 홍보	김선규 · 고다희
기획실	정진우 · 정재우
디지털콘텐츠	구지영
제작	윤준수
영업관리	고은정
회계	김선애

표지 · 본문 디자인	굿퀘스천

ISBN 979-11-7040-333-3
ISBN 979-11-7040-330-2 (세트)